문학과지성 시인선 594

오늘 사회 발코니

박세미 시집

문학과지성사

문학과지성 시인선 594

오늘 사회 발코니

펴낸날 2023년 11월 11일

지은이 박세미
펴낸이 이광호
주간 이근혜
편집 방원경 김필균 이주이 허단 윤소진 유하은
마케팅 이가은 최지애 허황 남미리 맹정현
제작 강병석
펴낸곳 ㈜문학과지성사
등록번호 제1993-000098호
주소 04034 서울 마포구 잔다리로7길 18(서교동 377-20)
전화 02)338-7224
팩스 02)323-4180(편집) 02)338-7221(영업)
대표메일 moonji@moonji.com
저작권 문의 copyright@moonji.com
홈페이지 www.moonji.com

© 박세미, 2023. Printed in Seoul, Korea

ISBN 978-89-320-4227-5 03810

이 책은 서울특별시, 서울문화재단 '2021년 창작집 발간 지원사업'의
지원을 받아 발간되었습니다.

문학과지성 시인선 594

오늘 사회 발코니

박세미

시인의 말

무수한 오늘마다
사회의 바다에 맨몸으로 던져졌다

유일한 발코니에 올라서면
오늘은 항해이기를

2023년 11월
박세미

오늘 사회 발코니

차례

시인의 말

1부

생활 전선

안전해지려고
들어오는 열차의 머리에 다리를 내민다

다음 역으로 가는 동안에
다리 한쪽이 뜯긴
매미 울음소리를 듣는다

현실의 앞뒤

우리는 모두 늪에
빠지지 않기 위한 걸음걸이를 가졌지
얼마나 각자가 위태로운지

나의 경우, 손을 최대한 부산스럽게 흔들어
발의 게으름을 위장하는 식이란다

친구의 노랫소리가 들린다
발에게 들려주는 애원

지금 나는 앞뒤를 생각하고 있어
　오늘 아침, 긴 다리를 가진 새가 성큼성큼 걸어와 내
옆에 서는 거야. 새는 어느 것에도 눈길을 주지 않고 숲
의 끝을 응시하기만 했지. 그 눈빛에는 위태로움이 없어
나는 그만 발을 멈추고 말았어. 흔들던 손도 내려놓았지.
꽤 오랫동안 우리는 한곳을 바라보았어. 나는 생각했지.
사실 이 숲에 늪은 없었던 거야 하고. 그 순간 새가 날개
를 푸드덕거렸고, 곧 날개를 완전히 펼치고 내 위로 솟아
오르리라는 것을 직감했어. 나는 재빨리 두 팔을 뻗어 새

의 두 다리를 붙잡는 데 성공했지. 하지만 이미 나의 두
다리는 늪에 붙들려 빠지지 않았고……

친구의 흥얼거림을 나는 아직 듣고 있어
두 다리가 점점 길어지는데
새와 나, 누가 더 필사적인가
누구의 다리가 먼저 붙잡힌 것이며
숲과 늪 중 무엇이 무엇을 가린 것이며……

생산 라인

화이트 셔츠 공장
이곳이 내가 선택한 품위다
마흔 가지가 넘는 와이셔츠 제작 공정에서 칼라와 커
프스를 다는 것이 지난 20년간 지켜온 나의 업무

숙련된 자들에게선 고르고 안정적인 소리가 난다
원단을 가르는 가위로서
박음질하는 미싱으로서
뜨거운 김을 내뿜는 다리미로서
20년이다
그러니 검붉은 피가 번지는 일
노릇하게 구운 냄새가 나는 일
옆자리의 동료가 사라지는 일
결코 실수가 아니다
하얀 옷감이 하얀 옷감을 오염시키는 걸 매일 목격하는
이곳에서

목과 손목을 여미는 품위로부터 나는
달아날 수가 없고

축 늘어진 와이셔츠의 소맷자락을 잡고 질질 끌며 걸
었던

밤거리마다 단추가 놓였다

일정한 간격으로

단추를 달고 실밥을 처리하고 다리미질을 마친 와이셔
츠는 출고 작업에 들어간다

나의 동료는 어깨를 제일 먼저 다렸다 항상

퇴근 시간을 알리는 라디오 디제이

그리고 동료의 얼굴을 나는

모른다

순환세계

두 손은 잠들면서 두 눈동자를 협곡에 내던진다
눈동자는 신체에서 가장 멀어지기를 원한다

강물은 눈동자를 운반한다
입구를 만들기 위해 동굴을 침식한다

덕지덕지 붙어 있는 오늘을 씻어내고
동굴로 굴러 들어가
본다

1985년식 철산주공아파트 8단지를, 보도블록 언덕을,
벚나무의 검은 가지를, 자전거 보관대 꼭대기에서 점프
하는 아이를,
쿵, 하고 동굴이 무너질 때 아이가 울고 있는 것을 본
다 눈동자는 2020년 늙은 엄마의 뒷모습을 비추어 아이
에게 보여준다 울음을 그치고
아이는 미래에 잃어버릴 눈동자를 본다
멀어지는 기차가, 자꾸만 쏟아지는 이삿짐이, 땡볕에
말라가는 화분이, 여전히 울고 있는 어른이

보인다

입구로 들어가 입구로 나온다는 것
멀리 갈수록 가까워진다는 것
절벽과 절벽의 사이를 어떻게 이해해야 할까요?

동굴에서 나왔을 때 보았던 강의 하류에는
그동안 씻겨 간 오늘들이 차곡차곡 쌓여 있었다

눈동자는 감길 줄 몰라서
협곡 위 가장 구체적인 두 손을 본다

장식

오전의 햇빛이 떨어뜨린 그림자

그 무의미를 위해 노동할 것이다
꽃병에 꽃을 꽂는 것으로 그날을 기록할 것이다

단, 조건이 있소. 구두는 완전히 밋밋해야 합니다.[*]
라고 말하는 자의 구두는 만들지 않을 것이다

[*] 아돌프 로스, 『장식과 범죄』, 이미선 옮김, 민음사, 2021.

일조권

철창살 사이로 들어오는 것은
빛이 아니라
목 잘린 발들이 일으키는 먼지

태양의 고도가 높아지고
외부가 한낮으로 향해 갈 때
어둠이 숨어드는,
모두가 짙어지면 홀로 더 깊이 짙어지는,
땅보다 낮은 땅에서

절대 상하지 않겠다

육상선수

선수는 땅을 짚는다
선수는 신호탄을 기다린다

태어난 지 1년도 안 되어 걸음을 떼고 몇 개월 뒤엔 뒤 꿈치를 이용해 걸을 수 있게 되면 사람들은 더 이상 잘 걷고 잘 뛰는 일에는 관심을 두지 않는다 그것이 세상사 의 모든 화근이 아닐까 선수는 생각했다 선수는 걷고 달 리는 일 너머의 것들은 하고 싶지 않다 결승선 너머에 아 무것도 없듯이

뛴다
오로지 자신의 몸을 움직이는 것에만 집중한다
지면에 붙어 있는 순간보다 공중에 떠 있는 순간이 더 많다
스타트와 라스트스퍼트를 훈련한다
팔다리를 효율적으로 가동한다
최대한의 속도를 익힌다
선수는 기록을 세운다
기록을 깨고 또다시 기록을 세운다

달리기 위하여 달린다

그러다 선수는

누군가 손뼉을 치거나 물건을 떨어뜨리거나 풍선이 터
지거나 숟가락을 내려놓는 소리에도 무조건 뛰기 시작한
다 그리고 어느 날 결승선을 통과하고서도 멈추지 않는
다 돌아오지 않는다

뒤로 걷는 사람

그에게 세상은 한 발자국씩 넓어지는 것이었다
한 발자국씩 멀어지는 것이었다

이를테면 그가 걸을 때
옆에서 커다란 사과나무 한 그루가 나타난다
한 발자국, 사과나무는 불타며
두 발자국, 사과나무는 검게 식으며
세 발자국, 사과나무는 썩은 사과 한 알이 되며
네 발자국, 깜박이는 눈꺼풀 사이로 사라진다

더러 썩은 사과 한 알이 눈앞에 맴돌 때면
눈을 감고 이리저리 굴려 녹여 없앴다
그는 최소화된 것들과의 이별에 익숙했다

눈이 오던 어느 날
멀리서 그를 향해 달려오는 점이 있었다
그가 한 발자국씩 뒤로 갈 때마다
점은 세 발자국씩 앞으로 다가오며 커지더니 다리를
뻗고 손을 흔들며 마침내 웃어 보였다

달려오던 점은 그의 코앞에서 최대화가 되었다
그는 그것이 자신을 안아줄 것이라고 생각했지만
어깨를 툭 치고는 바로 옆에서 사라져버렸다

그는 뒤를 돌아보는 대신
손으로 얼굴을 감싸고 허리를 굽혔다
썩은 사과들이 눈밭에 우르르 쏟아졌다

일

1인 운영 국숫집의 주인

국수 한 그릇이 손님에게 나가기까지 필요한 모든 과정이 그의 일이다 그는 자가제면을 고수한다

그러나 기계의 일이다 그는 기계를 돕는다

숙달된 일에는 생각이 잘 끼어들지 못한다

그날도 그는 제면기를 켜고 반죽을 밀어 넣고 있었는데 순간이었다

기계가 그의 손을 반죽인 양 빨아들인 것은

기계와 손이 서로를 단단하게 옥죄어 상대의 작동을 중지시켰을 때

생각만이 이 가게에서 움직일 수 있는 유일한 권리를 갖게 되었다

처음이었다 그는

자신이 기계가 아니라는 생각을 해본 적 없는 것이며, 손가락이 국수 가락이 될 수 있다는 가능성도 생각해본 적 없는 것이며, 손 조심 안내문이 붙어 있는 것과 실제로 손을 조심하는 일 사이의 관계없음을 단 한 번도 생각해본 적 없는 것이다

당연한 생각을 하지 않는 것이 당연했던
일하는 자가 생각하는 자가 된 것이다

손을 대신하는 것들은 얼마나 손을 닮지 않았는가

비로소 기계와 손이 분리되었을 때
세 마디로 이루어진 희망은
생각보다 더 잘게 부스러지고 굽어 있었다

손이 회복되는 동안
생각이 회복한다
일로부터 벗어나며 일을 향해 기꺼이

선택권

저녁 먹으러 나와 하고 방문을 열었을 때
늘 그렇듯
아빠는 티브이를 보고 있었다
만 마리 뱀을 키우는 농장 주인이 뱀의 식사 방법에 대
해 설명하고 있었다
뱀이 흰쥐를 잡아먹는 방법은 두 가지예요 목덜미를
물어 독을 퍼뜨린 다음 먹거나 감아서 질식시킨 다음 먹
는 방법이 있습니다
이어서 실제 장면이 나왔다
흰쥐는 별다른 저항을 하지 않았다
그렇게 생각했다
약간의 발버둥은 그저 신경 반응의 일종으로
이해했다
아빠는 안경을 쓴 채 졸고 있었다
저녁 먹자 흔들어 깨울 수도 있었지만
조심히 안경을 벗겨주었다
불도 끄고 티브이도 끄려는데
뱀이 흰쥐를 소화시키는 데는 약 15일이 걸립니다
그동안 뱀은 움직이지 못하죠

온몸이 녹아 없어질 때까지
자신이 먹힌 그 자리에서 뱀을 붙들고
견디는 흰쥐의 시간이 실제로
이해되려고 했다 그 순간에
문을 닫았고

서프라이즈 박스

내 삶은 이제 자루처럼 닫히고 밀봉된 채 내 앞에 놓여 있다.
— 장 폴 사르트르, 「벽」*

공개할 수 있어?
놀라움을 증폭시킬 수 있어?
매끄러운 외관을 배신할 수 있어?
비밀과 공존할 수 있어?

내 앞에
놓여
있는
박스를 열거나 열지 않을 수 있다는
선택이 나에게
있으며
보관되거나
전시되는 선택도
나에게
있다니 서프라이즈

고요한 호수 위

떠간다

이따금

박스의 뚜껑이 흔들리고

물결이 일고

나는 천천히 흘러가고

먼 곳의 창고에 불이 붙고

아직 열리지 않은 것

* 『벽』, 김희영 옮김, 문학과지성사, 2005.

27

실수

뼈와 살 사이를 긁어내리는 손의 감각 속에서
칼날은 떨고 있다

손가락을 겨누지 않고도
손가락을 벨 수 있다는
믿음은 우리에게 없고

회칼이 지나간 광어의 한쪽 면은
피 없이 희다

기능

그에게 스툴이 하나 있었는데,
매일 아침 일어나자마자 스툴을 거꾸로 세워 두고
스툴의 다리 끝에 올라서는 연습을 했다는 거야.
마치 나뭇가지 끝에 한쪽 발로 서 있는 새처럼.

그리고 마침내 날아갔다는 소문.

사람들은 그가 어떻게 스툴의 다리 하나 위에 균형을
잡고 올라섰는지는 궁금해하지 않았고,
그에게 날개가 있었는가에 대해서만 왈가왈부했다는
뭐 그런 얘기.
쓸데없는.

Balkon*

나의 딸 리자는 발코니를 건물의 정면에 정박해 있는 작은 배라고 한다**

오늘도 리자는 작은 배를 타고 항해 중이다

등 뒤에서 다른 가족들이 식사를 하든 말든, 집 안 청소를 하든 말든, 노랫소리가 들리든 말든

아랑곳하지 않고 오로지 자신 앞에 펼쳐진 바다만을 경험한다

뒤돌아보지 않기로 작정한 사람처럼

방금 돛을 펼친 사람처럼

어느 날 리자가 말한다

사실 발코니의 저편에는 아무것도 없어요 아빠 그렇지요?

(아무것도 없다고 해야 할지, 무언가 있다고 해야 할지 모르겠다) 사진을 찍어보는 건 어때? (바다 한가운데서 바다를 계속 찍으면 무엇이 보일까? 그건 나도 모른다)

외출을 마치고 돌아오는 길 발코니 아래

끊어진 닻만이 덩그러니 남아 있다

* Orhan Pamuk, *Balkon*, Steidl, 2019. 그는 2012년 12월부터 2013년 4월까지 5개월 동안 자신이 사는 아파트 발코니에서 8천5백여 장의 사진을 찍었고, 그중 5백여 장을 묶어 책으로 냈다. 그의 아파트 앞으로 항해하는 배가 지나가곤 했다.

** 지오 폰티, 『건축예찬』, 김원 옮김, 열화당, 1979.

현관

문이 그의 등을 천천히 떠밀면서 닫힌다
센서 등이 켜지고
그와 함께 꺼진다
그는 들어가기 직전에 있다

타일 바닥에 주저앉은 어둠
누군가 자신을 부를 때마다 밑창을 요란하게 흔들어대던
신발을 미처 벗어 던지지도 못하고
커다랗게 부은 꼬리를 천천히 잘라내고 있다

그가 비로소 신발을 벗고 가방을 내려놓으면 어둠은
어느새 사라지고 없다
씻고 나와서 콧노래를 흥얼거리며 저녁밥을 만들다가,
티브이를 보며 밥을 먹다가 별안간 웃음을 터뜨리다가,
친구와 통화하며 시시껄렁한 농담을 주고받다가도
문득,
현관을 바라본다 집 안에서
바라본 꼬리는 초여름의 식물처럼 싱그럽다가

막 불붙은 성냥 같다가도 문득,
가루가 되어 흩어진다
그는 신속하게 잠든다

불가능한 꿈처럼, 오늘도 문이
그의 앞을 굳건히 막아선다
그는 어제 잘라놓은 꼬리를 한참 쓰다듬는다
옆집에서, 윗집에서, 조금 먼 집에서, 차례차례
현관문 열고 닫히는 소리가 나는데,
그는 여전히 나가기 직전에 있다

외출

심장은 박동이 점점 빨라지더니
나보다 먼저 대문을 박차고 나가버렸다
저 손에 들린 묵직한 접시가 날아오기 전에
나의 고개는 먼저 돌아갔다
우리는 잠시
아무것도 참지 않는다

개구리 자수 패치가 달린 책가방을 메고
나간다
등 뒤에서 개구리가 유지하는 미소

풀숲에 숨어 있던 심장을 주워 가방에
넣으니 개구리가 펄쩍펄쩍 뛴다

한참 수다를 떨던 친구는 내가 메고 나온 가방이 유치
하다며
웃었다 나도 웃었다
돌아가는 길 꽃 한 다발을
사서 심장에 꽂아 넣었다

대문을 열고 들어가기 전에 가방을 앞으로 멘다

접시가 날아오기 전에

개구리가 먼저 웃을 것이다

보이드

그의 방에는 쓰레기통이 하나 있다
채우지도 비우지도 않는
깨끗하지도 더럽지도 않은
빵빵하게 묶인 검정 비닐봉지 하나가
입구를 콱 막고 있는 쓰레기
통

그것을 더 이상 쓰레기통이라고 부를 수 있으려나?
아직은
비스듬히, 혹은 멀찍이, 대충 볼 때는
쓰레기통으로 보인다
하지만
위에서
가만히
내려다보면 바닥없는 까만 구멍으로 보인다
소멸 가능한……
그러나 뛰어내리기엔 아직 그 구멍이 작다

그는 회사에서 미팅을 하면서 방 안의 쓰레기통도 생

각한다

아니 검정 봉지의 폭발 가능성에 대해 생각한다

별안간 그것이 뻥하고 터져서 하나뿐인 방을 날려버리는 게 아닌가 하고

혹은 새의 날개들이 파편처럼 흩어져 몸을 찾아다니는 게 아닌가 하고

혹은 다리 없는 벌레들이 비명을 지르며 기어다니는 건 아닌가 하고

그는 서둘러 귀가한다 그러나 막상

집에 온 그는 모든 가능성을 잊어버린다

그는 이 검정 봉지를 과연 누가 묶었는지 궁금하다

혹은 어떤 방법으로 묶었는지 궁금하다

혹은 이것을 풀어볼까?

봉지 밑의 공간에 대해

답이 정해져 있진 않지만 굳이 질문할 필요도 없는

공간에 대해서

그가 생각하므로

그것은 더 이상 쓰레기통이 아닌가?

이제 그는 선택해야 한다
이것을 뺀 나머지를 가지고 떠나야 할지
혹은 나머지를 빼고 이것만 가지고 떠나야 할지
혹은 직접 자신이 구멍으로 뛰어내릴지

2부

빈티지

한 시기가 다가온다
질긴 그림자를 입고서

어떤 시간은 표면에 머무르고
어떤 시간은 폭발한다

물을 담으니
알지 못하는 얼굴이 떠오른다
물은 소리 없이 진동하며

우뚝 선 그림자를
녹인다

모두 마르고 나면
수상했던 시절은
깨질 것이다

우는 몸

생각하면서 몸의집*에 갔다 몸의집은 우는 곳은 아니
지만
거꾸로 서고 싶어서
흘려보내는 자세가 되고 싶어서
울음을 울리고 싶어서

생일이었다 첫 수련을 한 날
나의 두 발이 디디고 있는 이 바닥이 울렁거린다
속이 울렁거리고 머리가 울렁거리고
몸속에 들어선 커다란 물고기를 느낀다
목구멍으로 입을 삐죽 내밀고 뻐끔하더니
몸속에서 몸을 세차게 한번 흔든다

몸을 접고 비틀고 뒤집으면서 타이른다
몸이 몸 밖으로 나오기를
몸이 몸을 토해내기를
몸으로부터 몸이 터지기를

천천히 숨을 쉴 때 또 다른 숨이 숨을
막고 먹고

멎는다

몸은 자신이 태어난 물을 떠올린다
몸을 끊임없이 닦아 내리던 절대 닳지 않는 물
몸이 나아갈 때마다 달을 밀어내던 힘 있는 물
몸이 죽고자 할 때 피부 전체로 빛을 끓이던
어미로서의 물

한 번만 더,
몸이 거꾸로 설 때
열린다
집 속의 집 속의 집 속의 작은 문
틈에 끼어 있다 단단하게
오래전 삼킨 씨앗 하나가

---

* 안무가 이종현과 유지영이 운영하는 하타요가원 이름. 이름은 다음
책에서 가져왔다고 한다. "집으로서의 몸. 하지만 몸이 결코 단일하
지 않다는 것이 이해될 때에만, 수많은 다른 몸들이 내 몸을 따라다
니고 강조하고 내 몸에 힘을 보탠다는 것이 이해될 때에만, 몸은 집
일 수 있다"(일라이 클레어, 『망명과 자긍심』, 전혜은·제이 옮김, 현실문
화, 2020).

점의 위치

몸을 지도처럼 펼칠 수 있다면
아무도 알지 못하는 점을 찾아
동그라미 칠 수도 있을 것이다
점령할 수도 있을 것이다

점을 기준으로
몸의 평면도를 그릴 수 있다면
창고를 만들어 처박아버릴 수도 있을 것이다
어제의 통화를
오늘 아침까지 쫓아온 목소리를

왼쪽 어깨의 점과
오른쪽 복숭아뼈의 점이
서로를 끌어당기고 있음을 몰랐던 것이다
37년 동안
그래서 종종
몸이 갑작스럽게 휘어졌던 것이다

누군가가 먼저 발견했을

점을 가만히 보고 있다
손가락으로 동그라미를 쳐본다

이곳에 전망대를 세울 것이다

얼굴 무거운

의아하다
얼굴의 위치

자꾸 바닥에 떨어지는 것은
정말로 얼굴이다
측정할 수 없는 무게가 꼭대기에서
흔들거린다 자꾸
두손으로 턱을 괼 때
눈 감기는
몸 춤추는
발 솟는
숨
숨이 터질 때
정말로 얼굴이다

실현된다
서 있음의 반대
얼굴과 헤어지는

사회의 시간

시간이 부리는 허영에 나는
속해 있다
두 팔목이 잡힌 채로 걸어가고 있다
걷다 보면 만나는 것들에게
인사를 할 수 없다

나는 터치한다 고로 나는 존재한다*

눈을 뜨면 터치
까만 액정을 떠돌던 전자가 나의 검지로
모이는 순간
열린다 팔로잉 하는 1,338명의 어제

어젯밤에는 슈퍼문이 떴다 단 하나의
나는
착각한다 슈퍼문을 나도 보았거나 나만 보지 못한 것
으로
터치할 때마다 차곡차곡 쌓이는 수백 개의 슈퍼문
손가락을 건너 수정체를 건너 뉴런을 건너 내 몸에 들
어온다 신체에 구속된다

정수리와 두 팔꿈치를 땅에 대고 물구나무서 있는
사람＝전자적 이미지
그것을 이루고자 요가 수련원에 간다
가서 잘 굽혀지지 않는 등을 굽히려고 애쓴다
지도자는 나의 등에 손을 얹는다
터치

느린 터치 오랜 터치 따뜻한 터치

모인다 몸속을 떠돌던 달들이

등을 뜨겁게 밀어낸다

숨을 크게 내쉬면 적혈의 달들이 쏟아질 것 같다

저녁을 차려놓고 나는 터치한다

내 앞에는 두 개의 식사가 떠 있고

계속 나는 터치한다

고로 존재한다

무엇을 먹는지 모르는 채로

* 이원, 「나는 클릭한다 고로 나는 존재한다」, 『야후!의 강물에 천 개의
달이 뜬다』, 문학과지성사, 2001 변용.

기원전 3억 5천2백만 년경부터 살아온

고사리의 뒷면을 만지면 직감할 수 있는 것
인류의 출현! 같은 것이 아니야
탄생을 축하해! 같은 말도 아니야

어린 고사리가 동그랗게 말려 있던 잎끝을 끝끝내 펴
내는 순간
현대의 시계 바늘은 일제히 꽁꽁 얼어버렸지

투명하고 하얀 빛을 내는 거대한 것들이 힘없이 부서
지고 녹아내리는 순간
생의 주머니를 터뜨리는
고사리의 타이밍

아이는 연한 고사리를
노인은 차디찬 시계 바늘을
꺾어 손에 쥐고 글을 쓴다

물에 젖은 새벽이 퉁퉁 불어나면
우리 모두 함께

잠기자 동시에 잠기자

밤의 인터체인지

옆에 한 사람이 서 있고 우리는 빌딩 아래를 내려다보
고 있다 함께 담배를 태우고 있다

한 모금…… 깊게 마셨다가 내쉬며

저렇게 자동차들이 각자 다른 방향으로 둥글게 빠져나
가는 도로를 뭐라고 불러요? 물으니

인터체인지, 하고 옆 사람이 답한다

손가락으로 콘크리트 고리를 끊는 시늉을 하니까

옆 사람이 연기를 후 불며 훗 웃는다

견고한 구조물 위로 흐르는 불빛을 나는 보고 있을 뿐
인데

옆 사람은 내게 묻는다

무슨 생각해요?

아무것도

불빛을 단 두 손이 허공에서 오르락내리락하면서

평면교차하지 않는다

내가 돌아서니까

옆 사람도 돌아선다

자욱한 연기가
누구의 속에서 나온 것인지
모른다 하여도

밥과 술

그와 나 사이에는 밥과 술이
넘어간다
각자의 입으로 각자의 배 속으로
우리는 기분이 좋아서 말을 나눈다 자꾸만

어느 날 그와 나는 낯선 지역의 야키토리집에 갔다 꼬
치를 각자 하나씩 들고 한입씩 베어 물고는
넘어간다 웃음이
하이볼
한 잔씩 마시며 넘어간다 시간이
집에서 산책을 기다리고 있을 개를 생각하다가
아직 마치지 못한 일도 생각하다가
꼬치에 매달린 마지막 대파를 빼 먹으려는데
냅다 대파가 날아가 떨어진다
그가 웃는다

문득 나는 그를 믿을 수 없다고 생각한다
그는 거의 매일 나에게 밥을 잘 챙겨 먹었냐고 묻는다
나도 그에게 밥을 먹었느냐고 묻는다 묻는 것은 쉽고

내가 그를 믿을 수 없을 때마다 함께 술을 마시고 싶다고 생각하는 것을 그는 모르겠지 술이 넘어갈 때 어떤 진실을 알았다고 느낄 때도 있지만 느끼는 것은 쉽고

그와 나 사이에는
밥과 술이 있다 아직은
곧잘 넘어간다

짐작 속

당신은 이렇게 떠날 것 같다 겁에 질린 표정으로
하얗게 바래버린 나의 한쪽 눈동자에 맺혀서
그 모습을 본 나의 입만은 미소 지을 것이다 아마도
당신이 엎드린 채 바들바들 떨면서 차라리 죽고 싶다
고 애원할지도 모른다는 예감 때문에 미리
내 눈동자를 뽑아 없애버리고 싶다

그러한 절명 속
눈은 천천히……
감기고 떠지기를 반복한다
불은 빠르게!
타오르고 꺼지기를 반복한다

그리고 그다음의
고요하게 타오르는 불을
짐작 속 당신은 결코
끌 수 없으니

백내장

작은 물 잔이 앞에 놓여 있고
흰 물감이 서서히 풀어지고 있다
빛을 구걸하나
빛을 거부한다

도시의 모서리들이 뭉개지고
사물이 다른 사물로 번지는
판타지
검은 렌즈 위에 상영되는데

물 한 모금 깊게 삼킨다
순한 동물의 얼굴이 맺힌다

나와 그녀

나는 그녀를 파괴할 수 있다
내가 그녀를 파괴할 수 있다는 사실이
내 꿈 보따리를 그녀의 손에 쥐여주었다

그녀는 내 꿈 보따리를 대낮이건 야밤이건 들고 다니며
아무 데나 풀어놓는다
꿈속에 갇혀 있던 나의 죄들이 옷마저 벗어 던지고
도시를 돌아다닌다
나는 할 수 없고 아무것도
바라본다 창백한 하늘을

그녀는 나를 파괴할 수 있다
그것을 그녀가 모른다는 사실이
나와 그녀를 마주 앉게 만들었다
내 앞의 물 한 잔이 꿈이고
그녀 앞의 물 한 잔이 현실이라면
우리는 각자의 물 잔을 엎지를 것이다

서로의 물이 하나의 물이 되어 테이블 아래로 뚝뚝 떨

어질 때……

숨어 있던 죄들이 도시 전체를 흔든다
나와 그녀는
무너져 내리는 서로의 모습을 보고 있다

문득 이런 생각이 든다
내가 그녀를 사랑한 적이……

표면으로 낙하하기[*]

이와 같이 존재한다 단
하나의 눈으로서
보기
낙하하며 보기
빠짐없이 보기

보이기 위해
존재하는 사물에게로
다가가며 생각하지 않으며 더 작은
단위로 진입한다

솜털 사이에서 또다시 솜털이 자라나고
투명한 암석이 빛을 쏟아내고
딱따구리 떼가 숲을 흔들고
정체 모를 알이 부패하고 있더라도
욕망하지 않기 무엇을
뛰어넘고 싶고 찢고 나가고 싶고 파괴하고 싶고
영원하고 싶은 것은
낙하하기가 아니다

눈이 표면을 빠짐없이
핥으며 표면이 눈을
지배하며

크기가 사라지고

완전히 달라붙을 때
새로운 눈으로서 튀어
오르기
무엇으로부터

* 사진가 김경태의 논문 「New Types of Panorama in 21st Century:
  Falling Towards the Surface of the Objects」(ECAL, 2016)이자 개인
  전 「표면으로 낙하하기」(휘슬, 2019) 제목.

살아 있는 작은 안개*가 하는 일

책 빌딩을 무너뜨리는, 책을 줍다가 빈 책꽂이를 보게 하는, 책과 책의 제목을 이어 붙이는

거꾸로 세워진 반투명 컵에 빛을 따라두었다가, 오후 5시에 홀짝 마셔버리고, 휘청거리며 컵의 둘레를 따라 걷다가, 몽롱한 저녁이 된다

얇은 비밀이 있다면, 네모나게 굳은 어둠이 있다면, 잃어버리기에 좋은 작은 기억이 있다면, 서랍 속에 넣어두는 것

손과 손잡이가 어긋날 때, 열고 닫힘이 모자랄 때, 살짝 옮겨줄 때, 제작하는 손과 사용하는 손이 악수하게 될 때

작은 서점의 작은 창문 너머로 눈이 되어 내린다,
작은 빌딩과 큰 빌딩 사이로 눈이 되어 내린다

* "그러나 은그릇을 보고 있는 동안에도 은그릇을 보고 있다는 생각이 앞섰고, 그의 시선 뒤에는 살아 있는 작은 안개가 꿈틀거리고 있었다"(장 폴 사르트르, 「어느 지도자의 유년 시절」, 『벽』).

리액션

반응한다
네가 떠나고 나서야 내가 무엇이었는지를

화상으로 오그라든 등을 천천히
펴본다

반응하지 않는다
꽁꽁 언 내장이 다 녹을 때까지
기다리는데

동백나무 한 그루 안에서
동박새 수십 마리가
울고 있다

매거진

우리는 그 자리에서 실패로 끝난 시도의 이야기를 읽는다.
아무도 이해하지 못한다.
—베아트리츠 꼴로미냐, 『프라이버시와 공공성』*

여기 별도의 칸이 있고
개인은 얇다
무수한 정면들이 겹친다
한 세트가 된 이야기
측면만이 남는다
두꺼운

이해할 수 없는
목록이 된다
어딘가 펼쳐질 수도 있을 것이다
무언가 벌어질 수도 있을 것이다

* 박태훈·송영일 옮김, 문화과학사, 2000.

가난한 미술 수집가를 위한 방[*]

이 방에서 아무것도 예술 작품이 아니라고 한다면, 그렇다
이 방에서 모든 것이 예술 작품이 될 수 있다고 한다면, 역시 그렇다

이곳에는 책 한 권을 펼쳐놓을 테이블이 있고,
그림 하나를 세워두거나 걸어둘 벽이 있고,
조명이 있고 의자가 있고 작은 창고가 있고……
(이것들은 미술 수집가의 방이 아니더라도 어디에든 있는데……)

(중요한 것은)
그는 매일 한 권의 도록을 꺼내는 사람
그날그날의 기쁜 페이지를 펼쳐 테이블 한가운데에 두는 사람
전화를 받다가 정확히 거기에 커피를 쏟는 사람
한 달에 한 번 회화 작품을 프린트해 벽에 붙여두는 사람
그것을 한참 바라보다가 시를 쓰는 사람

    필요하다면 그것을 떼어 바닥에 깔고 짜장면을 먹는
사람

    침대에 누워 시스티나성당의 천장을 바라보는 사람
    이윽고 코를 고는 사람

* 알바 알토, 「부유한 미술 수집가를 위한 집」, 『몸부림』, 에로시스,
  2021 변용.

벽 없는 집

이것을 누구에게 요청해야 할지 모르겠습니다
모든 것이 종합적으로 무너졌습니다
벌거벗은 내부와
깊이를 헤아릴 수 없는 배경만이 남았습니다
게임 속 팩맨처럼 입을 뻐끔거리며 검은 미로를 헤매
고 있습니다
예고는 없었습니다
당신에게 설계를 맡기고자 합니다
잠의 규모와
시선의 조각과
기분의 구조가
기어코 도시를 넘어가기 전에
구태여 스스로 벽이 되기 전에

어둠 속
한 빌딩의 꼭짓점이
깜박이고 있습니다

새로운 생활

갤러리 안에 사람들이 많았다.

그는 쇼윈도 너머로 보이는 책장에 이끌려 전시장으로 들어갔다. 어느 유명한 디자이너의 전시였다. 간결한 선과 여백을 가진 가구들은 마치 예술 작품처럼 놓여 있었다. 보고 있는 것만으로도 기분이 좋아서 그는 오래 서 있었다. 한편에서 디자이너의 인터뷰 영상이 흘러나오고 있었다. *우리가 매일 쓰는 물건과 살아가는 환경이 본질적으로 하나의 예술품이 될 때야말로 우리는 균형 있는 삶을······**

그 책장 하나를 사려면 세 달 동안 쉬지 않고 일해야 했지만, 그는 새로운 생활을 구입하기로 했다.

정확히 세 달 뒤 갖게 된 책장은 그의 방에 비해 너무 컸고 책도 몇 권 없었지만, 확실히 책장은 한 사람의 생활 전반에 즐거움을 가져다 주었다. 책을 고르고, 펼치고, 읽고, 다시 제자리에 꽂을 때 그의 삶은 한 칸씩 넓어졌다. 새로운 생활에 대한 욕심도 한 칸씩 늘어났으며······

공사장의 시멘트 벽돌들이 그의 허리를 짓누르면, 그 위로 새로운 예술품과 가구 들이 차곡차곡 쌓였다. 위태롭게 휘청거리는 새로운 생활을 등에 진 그가 한 발자국

씩 균형 있는 삶을 향해 움직이고 있다. 한 달 뒤 주저앉
게 되더라도

* 브루노 무나리, 『예술로서의 디자인』, 김윤수 옮김, 두성북스, 2012.

3부

부정적 유산

1976년 당대 최고의 건축가가 받은 설계 의뢰서에는 이렇게 적혀 있었을 것이다.

외부에서 보았을 때 눈에 띄지 않을 것.

눈을 가리면 모든 것이 두려울 것.

이곳에서는 거짓이 진실이 될 것.

그리고 건축가는 홀로 그 목록을 오랫동안 읽다가 마지막 문장을 추가했을 것이다.

그러나 건축은 완벽할 것.

건축은 완벽에 가깝게…… 눈이 가려진 채 들어온 자들은 살아서, 혹은 죽어서 나갈 때까지 그 실체를 몰랐으며, 눈을 당당히 뜨고 다니던 자들은 건축이 제공하는 미와 쾌적함을 알았다.

그로부터 10년 후 건축가는 죽었다.

또 그로부터 30년 후 촛불이 서울의 곳곳을 밝혔다.

건축물의 정치적 이용 가치는 시대를 막론하고 입증된다.[*]

그것과 상관없이, 2020년에 우리는 겪는 것이다.

도면 위 원형 계단 그리는 소리와 몇 층인지도 모른 채 끌려 올라가는 자들의 발소리가 겹치고, 좁고 깊은 창문으로 뚫고 들어온 실빛에 상처 입은 자들의 경련이 벽을 타고 내려오며, 밀실의 용도와 치장 벽돌 쌓기의 무관함이 우리를 부끄럽게 하는 것이다.

* 근대도시건축연구재단·새건축사협의회, 『민주와 인권의 현장, 남영동 대공분실』, 집, 2019.

미술관을 위한 주석*

전시장은 거대한 하나의 공기통으로서
약 750일 동안 한 명의 남자가 호흡할 수 있다.

후박나무 한 그루가 쓰러져 있다.
높이 20미터까지 자란다는 후박나무
공중에 심겨진 뿌리는 옆으로 옆으로 자라다가
기둥을 타고 오르기 시작한다.

기둥   기둥   기둥   기둥

국 스트라토론치 시스템즈가 만든 비행기 스트라토론치는 세계에서 가장 긴 날개(117.35미터)를 가진 비행기. 뜯긴 오른쪽 날개가 여기 있고, 날개 위 오케스트라의 연주가 시작된다.

기둥   기둥   기둥 거(기둥 기둥 기둥 기둥)울 기둥   <   기둥

숨어 있는 기둥 그림자를 모두 찾으시오.
(서른여섯 개 이하이거나 이상일 수 있음.)

개미는 기둥을 이용하여 길을 지을 수
있다/없다

기둥   기둥   기둥 거(기둥 기둥 기둥 기둥)울 기둥   기둥   기둥

기둥   <   기둥   기둥

전시를 가장 빨리 감상하는 방법은
벽을 따라 달리는 것이다.
만약 당신이 백 미터를 16초에 뛴다면,
1분 안에 전시를 볼 수 있다.
사실은 절대 볼 수 없겠지만.

물물물물물
물물물물물물 기둥 물물물물물물물
물물물물물물물물물물물물물물
물물물물물물물물물물물물물물
물물물물물물물물물물물물물
물물물물물물물물물
물물물물물물물
물물물물물물

하나의 공기통으로서
약 천 일 동안 한 명의 여자가 호흡할 수 있다.

기둥   기둥   기둥   기둥   기둥   기둥

누군가 신발 안 반쯤 벗겨진 양말을 다시 신느라
기둥에 한쪽 손을 살짝 댄다면,
기둥은 예상치 못한 횡재에 당황할지도 모른다.
작용이 있으면 반드시 반작용이 있고,
손은 잠시 □의 힘을 느낄 것이다.   기둥

누구도 기둥을 의심하지 않으며 의식하지 않을 때,
가장 기둥이다.

전시가 지루해진다면,
기린에게 목말을 부탁해보자.
(과천어린이대공원에서 탈출시켜주는 조건으로!)
기둥

누군가의 발밑에 머리를 두는 일을
어른은 두려워하겠지만,
기둥칭 대 침 대 침 대 침 대 기둥
있는 어린이가 있다.
여기에 막 맞기 때문에.

기둥 1, 24

전시장은 거대한 하나의 공기통으로서 약 750일 동안 한 명의 남자가 호흡할 수 있다.

하나의 공기통으로서 약 천 일 동안 한 명의 여자가 호흡할 수 있다.

관람자는 미술관이라는 공기통을 메고 잠수한다

기둥 6

후박나무 한 그루가 쓰러져 있다.

높이 20미터까지 자란다는 후박나무

공중에 심겨진 뿌리는 옆으로 옆으로 자라다가

기둥을 타고 오르기 시작한다.

관람자는 기둥을 오르는 뿌리를

줄기라고 생각할 수도 있지만

후박나무에게 지금 위아래 앞뒤는 중요하지 않다

기둥 7~12

미국 스트라토론치 시스템스가 만든 비행기 스트라토론치
는 세계에서 가장 긴 날개(117.35미터)를 가진 비행기.

뜯긴 오른쪽 날개가 여기 있고, 날개 위 오케스트라의 연주
가 시작된다.

음악이 고조될 때 관람자는 미술관을 타고 이륙한다
땅에 세워진 기둥만이 미술관을 증언하고

기둥 9, 10, 15, 16

거울 속 기둥들

거울 속 관람자는 기둥 사이에 감금되고
기둥처럼 복제되다가
천천히 거울 밖으로 풀려난다

기둥 13

숨어 있는 기둥 그림자를 모두 찾으시오.

(서른여섯 개 이하이거나 이상일 수 있음.)

관람자는 그림자들의 속닥거림을 듣게 되고

그들의 수다에 참여하려 하지만

조명에 의해 저지당한다

기둥 18

개미는 기둥을 이용하여 집을 지을 수

있다/없다

있다고 대답하는 관람자는

세계 유일의 개미가 될 것이다

기둥 19

전시를 가장 빨리 감상하는 방법은 벽을 따라 달리는 것이다.

만약 당신이 백 미터를 16초에 뛴다면, 1분 안에 전시를 볼 수 있다.

사실은 절대 볼 수 없겠지만.

이에 관람자는 항변한다
관람 속도와 관람 깊이는 무관하다!

기둥 21
주위에 고인 물

관람자는 두 부류로 나뉜다
신발을 벗고 물을 밟는 자
미술관 직원에게 미술관의 하자를 건의하는 자

기둥 31
누군가 신발 안 반쯤 벗겨진 양말을 다시 신느라 기둥에 한

쪽 손을 살짝 댄다면, 기둥은 예상치 못한 횡력에 당황할지도
모른다.

　작용이 있으면 반드시 반작용이 있고, 손은 잠시 기둥의 힘
을 느낄 것이다.

　　　　기둥과 사랑에 빠진 관람자는 전시가 열릴 때마다
　　　　　　　　　기둥을 만나러 미술관에 올 것이다

기둥 33
전시가 지루해진다면, 기린에게 목말을 부탁해보자.
(과천어린이대공원에서 탈출시켜주는 조건으로!)

　　　　　의외로 기린의 키는 전시장의 높이보다 작다
　　　　의외로 관람자의 키는 미술관의 입장에선 지루하다

기둥 35~36
누군가의 발밑에 머리를 두는 일을 어른들은 두려워하겠

지만,

침대 네 개를 잇는 어린이가 있다. 여기에 딱 맞기 때문에.

기둥과 기둥 사이에 기둥이 눕는다
관람자는 더 이상 눕기를 두려워하지 않는다

기둥 36
누구도 기둥을 의심하지 않으며 의식하지 않을 때,
가장 기둥이다.

관람자는 관람하지 않는다 여기 있을 뿐
자신을 가장 의식하기 위하여

* 「젊은 모색 2023: 미술관을 위한 주석」(국립현대미술관 과천, 2023)
의 제목이며, 전시의 텍스트 커미션 작업인 본인의 구체시 「국립현
대미술관 과천 1, 2전시실: 기둥으로부터 시작되는 평면세계」를 위
한 주석이자 연계 시이다.

11 구역

건물들이 모두 철거되었고
나는 거울을 보고 있습니다
오늘은 어제보다 두 장 더 입었군요
이렇게 부드러운 것들로 몸을 묶어두려는 걸까요?
무엇이 부끄러워서

타워크레인이 바람개비처럼 회전하고
철근콘크리트가 분수처럼 솟아오르니
옷을 벗어야겠습니다 나는
발바닥도 없이 정수리도 없이
골조 사이로 바람이 숭숭 빠져나가는 11 구역
춤을 추어야겠습니다 옷을
최대한 멀리 벗어 던집니다

뒤집힌 소매
삐져나와 안녕?
구겨진 줄무늬
쉽게 붕괴되는 동굴
뼈의 질서가 없으니

춤의 요령도 없습니다

쥐덫에 걸린 동물과
결사반대 붉은 글씨와
나의 사생활만이
나타납니다

더 개방할 순 없을까요?
현장에서
베개들이 팝콘처럼 터지고
조인 나사들이 풀리고
알몸이 될 때까지

잠의 마천루

손잡이를 쥐어본 적 없이
입장

빌딩 꼭대기에 옷이 걸린 채 매달려 있으며
곧 추락할 것이며
곧 바닥이 나타나리라는 잠의 거짓말은 한동안 계속될
것이며
세차게 수직으로 흐르는 유리창에 좀처럼 손이 닿지
않을 것이며
그러나 곧 양손에 커다란 이불이 펼쳐질 것이며
다리를 흔들어보게 될 것이며

바닥이 없는 이 도시에서
발바닥에 눈을 달고
떨어지는 눈물의 마지막을 목격한다

정수리에 툭 떨어진 한 방울에
위를 올려다보면
맑다

맑아서

위와 아래로만 생성되는 골목
다리가 길어지다가
이불을 놓친다

파사드

벽에 문이 그려져 있다
손잡이가 그려져 있다
문을 열려고 하면 문은 열릴 것이다
믿으면서
벽 앞에 섭니다

거울 내부에서 당신이 나를 향해 걸어올 때
뒤돌아보지 않아야 하므로

일 앞에서

일 앞에서 나는 스스로를 인질 삼아 겁박한다. 나는 인질로서 겁에 질린 동물처럼 꼬리를 감추고 눈을 감고 어떤 발언도 삼간다. 이 인질극은 오래 지속되었다. 우리는 몇 번의 소나기에 흠뻑 젖었고, 몇 번의 폭설에 네 발이 얼었다가 녹았으며, 가끔 발 언저리에 다가와 얼쩡거리는 작은 동물들을 보고 피식 웃기도 했다. 등 뒤의 검은 숲이 맹수를 길러내는 줄도 모르고. 서로를 결박한 손이 얼마나 느슨해졌는지도 모르고. 어느새 일 앞에서 인질범은 자신에게 칼을 겨눴던 이유를 잊었으며, 일 앞에서 인질은 벗어날 이유를 찾지 못했다. 서로를 미워하지도 사랑하지도 않았으므로, 누가 누구를 위협하며, 누가 누구를 구할 것이며, 누가 누구를…… 그저 고될 뿐이다.

검은 숲이 토해낸 검은 그림자들이 낮은 포복으로 다가오는데, 수많은 발이 무력하게 서 있다.

거울 앞에서

누군가의 머리카락을 하루 종일 만지는 사람이
듣는 누군가의 비밀들
거울과 거울의 대화라는 착각이 길어질수록
머리카락은 다만 잘려 나간다

비밀은 없다
비밀이 아닌 것이다
다만 거울 앞에서 비밀이 되는 것이다

들은 자가
거울 속에 갇혀 검은 질감을 토해내는 밤이면
거울의 테두리는 유독 확고하게 빛난다

비밀이 이 면적을 벗어나면
다만 머리카락을 쓸어내린다

어떤 키스

하나의 무릎이 떠오르면
달의 바다가 출렁인다

하나의 귀는 하나의 무릎에 밀착한다
귓바퀴가 부드럽게 감싸는 것은
텅 빈 여름
달의 고요

고여 있던 말들이 귀에서 쏟아질 때
듣는 몸이 된다 무릎은
귀와 함께

무―으―르―웁, 하는 발음 앞에서
갖게 되는 공동의 기억

녹지 않는 소금이 차곡차곡 쌓인다
바다 바닥에

구라마온천 가는 길

구라마온천으로 가는 열차에서 우리는
나란히 앉아 창밖을 바라보고 있었다
이어폰을 한쪽씩 나눠 끼고 음악을 들었다

낮고 작은 건물들과 놀이터와 열차에 타고 내리는 사
람들이 보이고
사이로 간간이 나타나는 나의 얼굴에는 표정이 없었다
얼마 전 지나간 태풍으로 뿌리째 뽑힌 단풍나무들이
검은 비처럼 사선을 그을 때 창에 맺힌 너의 얼굴에서 툭
떨어지는 것이 있었다

벌거벗은 우리는 따뜻한 물속으로 들어갔다
작은 나뭇잎들의 부딪힘과
어린아이가 조잘거리는 외국 말의 틈에서 나타나는
고요
그것은 우리를 마구 흔들어놓고 일순간 사라져버린다
깊은 곳에서부터 서서히 부풀어 겨우 올라온 기포가
수면 바로 아래에서 툭 터지고 마는 것처럼
정말 아무것도 아니게 되는 것일까?

두꺼운 옷을 다시 걸치고 나와 역으로 가는 길

검은 기와지붕의 목조 주택들을 지나왔다

지붕이 그리는 물결 위로

함께 떠오르는 상상을 한다

접속

네가 두 발을 들고 일어서면
나는 앉는다
나의 사회와 너의 사회가 만나는
촉촉한 뽀뽀

은돌,
오늘 기분의 높이는 얼마니
잠의 강을 잘 헤엄쳐 건넜니

이상하지 우리는
온 힘을 다해 뛰어올라도 다시 바닥이라는 걸 알면서
도 몇 번을 더 뛰어오르는지
기다리고 있는데 기다리라는 말을 들으면
괜히 발바닥을 할짝거리게 되지 않니
형제와 친구들을 미워하지 않기 위해
한 발자국을 참는

우리는 어디서 왔을까? 내가 물으면
너는 발라당 누워 부드러운 배를 내민다

흰 테두리의 분홍 귀를 가졌지
나의 옆구리에 네가 주둥이를 파묻을 때마다
활짝 열리는 순결의 동굴
나의 사회로부터 낳은 죄들을 거기에 숨겨두었다

나의 사회와 너의 사회가 다르다는 이유로
나는 너를 안고 즐거운 멍청이가 되는데

은돌,
잘 자자 하여도
깨진 빛의 창들이 꽂히는 잠을 자고
일렁이는 검은 수면 위에서 겁에 질린 헛발질을 하는
너는 절뚝거리는 슬픔을 어디에 물어다 놓았니

창문을 열면
목을 길게 빼고 바깥을 바라보는 네가 있고
흰 궁둥이를 바라보는 내가 있다

초록의 작은 기척에

뒤돌아본다

여름이 온다고

사치

몬스테라의 새순이 뾰족하게 올라온다
흰 부분에 대한 직감은 늘 서늘하고
말린 새순이 조금씩 펼쳐질 때마다 선명해진다

아름답게
보인다······라는 느낌은
나와 몬스테라
둘 중 누구의 유전적 형질로부터 기인하는 것일까?

나의 오른쪽 수정체에 드리워진 흰 막
몬스테라의 무늬와 겹쳐질 때
강력한 초점이 되어
타오른다

꿈의 형벌

향이 자주 피어오르던 옆집에서 불이 났고, LPG 가스 배달 가게가 있던 동네는 순식간에 아수라장이 되었다 우리 집 해피는 놀라서 싱크대 밑 가장 깊숙한 곳으로 들어가버렸다 자다 깬 나는 장님처럼 낮은 허공을 헤집어 해피의 발을 낚아챘다 그리고 녀석을 품에 안고 달리기 시작했다 뒤도 돌아보지 않고 멀리 더 멀리, 죽을힘을 다해 뛰었다 우린 살아남았다

둘 다 살아남았다는 안도와
깊은 포옹은 그날의 전유물

열여덟의 5월 이후로 나는 너를 꿈에서만 본다
꿈에 입장하는 나는
유리 주머니에 완벽히 밀봉되어 있다
그곳에선 너의 등을 쓰다듬어도 감촉이 없고, 목덜미에 코를 박아도 냄새가 없다
그날의 어린이가 끝까지 너를 포기하지 않았던 것처럼
최대한 멀리까지 도망쳤던 것처럼
단 한 번도 뒤돌아보지 않았던 것처럼

열여덟의 나도 끝까지 너를 끌어안고 있었다면
다시 한번 우리 둘 다 살아남았다 말할 수 있었으려나

울음으로 무마되지 않는 자책이
해피를 꿈으로 불러내고
해피가 마지막 비명을 지르는데
나는 듣지 못한다
나만 살아남았다

무심코

클릭한 폴더에는 천 장이 넘는 사진이 있었다
어린 너와
어린 너의 개들과
어린 너의 그녀가
반복되었다

무심코라니
거의 모든 사진들을 다 보았고
잠들었다
꿈 봉지 귀퉁이가 툭 터지며
사람들이 우르르 쏟아져 나왔다
너와 너의 개들과 너의 그녀만이 없는
꿈

무를 꺼내 깍둑 썰고
끓는 물에 삶고 있다

아직도 어린 것만 같은 개 두 마리가
나를 쳐다보고 있다

무를 식혀 사료에 얹어주었다

무심코
삭제할 수 없다니 아무것도

너의 개들이 밥그릇에 코를 박고 밥을 먹는다
무심코 사진을 찍으려다
찍지 않는다

모빌

그림자에 매달려
그림자처럼 살던 사람
전시를 열기로 한다
여행을 떠나기 위해

몸에서 가장 먼 곳부터
아프지 않을 만큼
오렸다
실에 걸었다

그림자는 줄어들지 않았다

몸에서 가장 가까운 곳을 잘라냈다

전시장에 사람들이 몰려들었다
전시장에 그림자가 가득 찼다
감정에 매달렸다

그사이

사람 모양 그림자

전시장을 유유히 빠져나간다

끊어진 실이 그림자의 그림자에 매달려 간다

빈집에 갇혀 나는 쓰네*

빈집에 초대되었습니다
헐겁게 잠겨 있던 문을 열고 들어와
스스로를 가두고 나는 씁니다
주인을 기다리는 검은 개처럼
마르고 말라 딱딱해진 빨래처럼

이곳에서 나는 무엇을 찾고 있습니까
길고 축축한 혓바닥이 되어 온종일 벽을 핥아대도
반쯤 잘린 귀가 되어 천장을 훑고 다녀도
비어 있는
비어 있어
유지되는 모두의 가여운 집

인사는 말자
저녁마다 산책을 떠났다가
돌아와 문을 굳게 걸어 잠그고 빈집에 갇혀
나는 쓰고 있습니다
친애하는
초대하는

이웃한 발코니의 사람들로부터

*오늘

당신의 첫 시집 『내가 나일 확률』(문학동네, 2019) 해설의 마지막 문장은 이렇게 끝납니다. "우리가 되고 싶은 것이 되기 위해서는 시간이 아주 오래 걸리겠지만 '스스로에게 속는 힘으로' 또 '우아한 몸짓'(「꾀병」)으로 지금 여기의 삶을 살아가면서, 그러다가 우리 다시 만나. 열렬하게 꼭 만나." 이번 시집은 그 약속에 대한 응답인 것 같습니다. 이렇게 다시 만나게 되었네요.

우리는 이번 시집의 시인과 편집자로 처음 만난 사이지만, 시집의 입장에서 보면 분명 우리는 다시 만난 것이고, 더 특별하게 다시 만나게 되었다고 할 수 있겠습니다. 다만 '되고 싶은 것'이 되었느냐는 물음에는 '전혀'라고 대답해야 할 것 같습니다. 어쩌면 되고 싶은 것에서 더 멀어진 게 아닌가 싶기도 합니다. 그래도 무수한 지금을 지나면서, 변화도 겪으면서, 여전히 스스로에게 속는 힘으로 쓴 시들로부터 또 한 시절을 단락 짓게 되었네요. 단락을 마무리하는 일에는 의지가 필요한 것 같습니다. 용기와 포기가 동시에 요구되니까요. 하지만 '다시'라는 말이 성립하기 위해서는 꼭 거쳐야 하는 과정이겠지요. 이번 시집에 실린 시들은 유독 '지금' 혹은 '오늘'에 속해 쓴 것 같습니다. '실시간 시'라고 해야 할까요. 오늘이라는 너무나 비대한 시간에 납작 눌려 다른 시간 속에서 시를 쓰기 어려웠어요. 또 어떤 면에서는 지금 내가 겪는 것을 쓰지 않으면 겪지 않는 느낌이었습니다. 그런데 이렇게 단락을 짓고 보니 조금 다르게 말할 수 있을 것 같아요. 오늘이 아니면 쓸 수 없는 시였다는 생각이 듭니다.

그래서인지 이번 시집은 유독 현실과 시가 뒤섞여 있는 듯한 느낌이 들어요.

아마 제가 현실이라는 땅에 발을 매립한 상태에서 썼던 시가 일부 있기 때문일 거예요. 일상에서 달아나거나 몸을 띄우는 데 자주 실패하면서, 쪼그려 앉아 분풀이하는 마음으로 발을 묻어버렸다고 해야 할까요. 그러면서 땅에 박힌 상태의 힘 같은 걸 느끼기도 했습니다. 식물의 힘 같은 거요. 사실 시에서 어느 부분이 실제 경험인지, 그리고 그것의 함유량이 얼마나 되는지는 전혀 중요하지 않아요. 다만 현실을 인식하고 시의 언어로 옮기는 과정, 그리고 현실과 시의 작용 관계를 탐색하는 것 자체가 저에게 의미가 있었던 것 같아요. 그래서 그렇게 씌어진 몇몇 시들에 현실의 작은 표식을 남겨두고는 싶었어요. 기록이라는 차원에서 각주를 다는 식으로요. 제가 앞서 이야기한 현실이라는 것은 별게 아닙니다. 지극히 개인이 처한 현실이고, 일상의 한 표면 같은 것이죠. 그런데 그런 표면의 조각들을 자세히 살피다 보면 어떤 맥락이 저를 둘러싸고 있음을 알게 돼요. 결국 저의 실체도 그러한 맥락 위에 세워지는 것이 아닐까 생각했습니다. 오늘 나의 노동에 관해, 오늘 읽은 책에 관해, 오늘 걸은 도시에 관해, 오늘 만난 사람에 관해, 오늘 꾼 꿈 위에 시적 언어를 대응시키고, 중첩시키고, 충돌시키고, 균열을 발생시키면서 다만 나는 오늘의 새로운 맥락이 되는 것이라고요.

저는 한동안 당신의 작업 방식 중 하나라고 말할 수 있는 '표면으로 낙하하기'에 몹시 경도되어 있었습니다. 나의 현실을 대충 방바닥에 펼쳐두고, '시적으로 보이는' 조각을 핀셋으로 건져 올려 책상 앞에 두고 시를 쓰는 데 익숙했던 저로서는, 눈(카메라)이 실체의 "표면을 빠짐없이/핥"아가며, 어떤 사유나 관념을 쉬이 욕망하지 않은 채 그 관찰의 시간을 최대한 지연시키는, 그리하여 눈이 "완전히 달라붙을 때/새로운 눈으로서 튀어/오르"(「표면으로 낙하하기」)는 방식이 꽤 충격적이었거든요. 덕분에 현실을 인지하는 과정과 방식에 관해 생각해볼 수 있었지요. 그리고 그 충실한 다음 너머를 상상할 수 있게 되었습니다.

몸이 물질로 다가온 적 있나요?

물론이에요. 생각해보니 저는 몸 또한 제가 처해 있는 현실의 한 층위로 인식하는 것 같습니다. ('처한'이라는 표현을 계속 쓰는 걸 보니 저는 여전히 제가 놓인 현실을 제약으로 받아들이나 봅니다.) 저는 제 질량이 여간 성가신 게 아닙니다. 성가실 뿐만 아니라 귀찮고, 짐스럽고, 거북하게 느껴질 때도 있습니다. 늘 몸이 무겁고, 그래서 누워 있을 때 가장 자유를 느낍니다. 어쩐지 몸과 정신의 일치보다는 차이에 대한 감각이 더 크게 다가옵니다.

최근 당신과 함께 요가 수련을 하면서는 몸을 새롭게 감각하고 있습니다. "몸속을 떠돌던 달들"(「나는 터치한다 고로 나는 존재한다」)과 "몸속에 들어선 커다란 물고기"를 느끼기도 하고, "자신이 태어난 물"(「우는 몸」)을 떠올리기도 합니다. 제가 몸을 성가셔 할 때마다 몸의 기관들이 여기저기서 문을 걸어 잠갔다는 사실을 깨닫고 있습니다. 덕분에 자물쇠를 하나씩 풀어나가기 시작한 것 같아요.

지난 계절, 당신이 퍼포머로 참여한 공연 「견고함으로부터」를 관람한 적이 있지요. 공연의 주제와 별개로 저에게 물질로 이루어진 몸의 사회가 특별하게 다가왔습니다. 책상, 돌, 인간 이렇게 세 종류의 몸이 이루는 사회. 제가 인간 사회의 일원이라는 것은 너무 자명하게 감각하고 있었으나, 크게는 제 몸이 물질의 사회에 놓여 있다는 사실을 새삼 경험했어요. 그것들과 더 적극적으로 관계 맺을 수 있다는 가능성 또한 엿보았고요.

평소 산책 코스를 알려주세요. 걸을 때 발가락의 움직임을 느끼는 편인가요?

산책 코스는 제가 정하지 않습니다. 나의 개 설화가 정합니다. 비염 환자인 저는 걸을 때 온 신경이 코에 집중되어 있습니다. 한편 가만히 누워 있을 때 발가락만 꼼지락거리는 편입니다.

이번 시집에 걷거나(「뒤로 걷는 사람」) 뛰는(「육상선수」), 다리가 붙잡히거나(「현실의 앞뒤」), 스툴 다리 끝에 서는(「기능」) 사람이 등장합니다.

그 시들을 쓸 때 저는 그들이 이 세계 어딘가에 정말로 살아 있는 존재라는 확신 아래 있었어요. 그들을 빌려 저의 이야기를 한다거나 그들을 상상 속에서 억지로 그려내려고 하지 않았어요. 그냥 각자 다른 곤경에 있는 발들이 저에게 찾아와 이야기를 들려주었다는 생각이 들어요. 마찬가지로 제 발의 곤경 또한 제가 다 알지 못하겠지요. 언젠가 제 발이 저를 찾아올 날이 있을 것 같아요.

*사회

발바닥에 깊숙이 박힌 첨예하고도 별거 아닌 우리의 문제는 무엇일까요?

「생활 전선」에 서 있다는 것이 아닐까요? 저는 생활 전선에 엄지발가락 하나를 슬쩍 걸친 태도로 작업하는 당신의 건축을 무척 좋아합니다.

"스스로를 인질 삼아 겁박"(「일 앞에서」)하며 일하는 제게 당신은 당신의 사무소 이름처럼 '푸하하하' 웃어 보입니다. 그럴 때 저는 잠깐 자유의 몸이 되어서 함께 웃곤 하지요. 건축가라는 직능의 복잡하고 거대한 체급 앞에서 저는 항상 고개를 들고 우러러보면서, 당신 역시 그것과 지난한 싸움을 이어가는 것을 잘 압니다. 그 와중에 크게 웃는 힘. 발바닥에 첨예한 것을 숨겨놓고 방방 뛰어보는 힘. 당신이 설계한 건축물을 답사할 때면, 돌연 나타나는 그 힘과 마주하곤 합니다.

누군가에게 나, 혹은 나의 작업을 이해시키려고 노력해본 적이 있나요? 이해받지 못한다고 해도 상관없나요?

이해받고 싶습니다. 하지만 그 욕망이 누군가에게

이르기도 전에 저 스스로를 이해시키는 데 매번 실패하기 때문에, 멀리 가서 이해를 바라지는 못합니다. 그런데 한편으로는 아무도 이해할 수 없는 제한 구역이 있고, 그런 것을 저마다 가지고 있으면 즐거운 사회라고 생각합니다. 그것은 오해와는 다른 비이해의 영역이라고 해야 할 것 같아요. 저는 당신의 디자인에서 그런 구석을 발견했을 때 무척 설렙니다. 그곳에 문을 열고 들어가고 싶어서가 아니라, 당신만의 "고요하게 타오르는 불"(「짐작 속」)을 아무도 끌 수 없겠다고 느끼기 때문입니다. 우리는 앞으로 공동의 무엇을 만들게 되겠지요. 당신과 나의, 이해와 비이해의 합작을 고대하고 있습니다.

사람을 싫어하나요, 좋아하나요?

이번 시집에 묶인 시들을 쓰는 시기에, 제 곁에 사람들이 있고 사람들 곁에 제가 있다는 사실을 비로소 인지했던 것 같습니다. 사회라는 궤도 안에 본격적으로 진입하게 된 것이지요. 발코니에 서니 맞은편에도 발코니가 있다는 사실을 알게 됩니다. 그리고 어떤 순간 눈이 마주치기도 하고, 또 어떤 순간에는 서로를 구하기도 합니다. 좋아한다고 해야 할 것 같아요. 그러나 언제나 좋지는 않습니다.

가끔 눈을 동그랗게 뜨고, 뺨을 약간 치켜올릴 때 당신은 매우 신나 보입니다.

아마 5년 전 베니스에서 당신과 이야기를 나눌 때도 저는 그런 표정을 지었겠지요. 저는 건축전문잡지 기자로, 당신은 베니스비엔날레 한국관의 어시스턴트 큐레이터로 그곳에서 각자 일을 하느라 매우 분주하게 시간을 보내고 있었습니다. 특히 저는 처음 겪어보는 취재 규모에 혼비백산한 상태였습니다. 용케 우리는 짬을 내어 마주 앉아 스프리츠 한 잔씩을 마셨고요. 당신은 전시 대신 식물에 대한 이야기를, 저는 기사가 아닌 시에 대한 이야기를 늘어놓았습니다. 그때 우리에게 중요한 공통 주제였던 베니스비엔날레가 아닌, 각자 숨겨둔 일을 꺼내어 공개한 것이지요. 아마 그 시간이 재빨리 우리를 동료로 만들어준 것이 아닐까 합니다.

*발코니

어릴 때 곤충의 다리나 날개를 뜯어냈던 경험이 있습니까?

어릴 적 여름이면 동생과 함께 매미를 잡으러 다녔습니다. 눈으로 매미를 찾기보다 귀로 매미의 울음소리를 찾았습니다. 하루는 한 손에 매미를 들고 있었어요. 매미의 옆구리를 엄지와 중지로 잡고 또 다른 매미를 찾아다니고 있었는데, 검지의 느낌이 이상해서 보니 매미가 긴 대롱을 제 손가락에 찔러 넣고 있었습니다. 손가락에 매미 입이 박힌 모습이 충격적이기도 했고, 괘씸한 기분이 들어 매미 날개 한쪽과 다리 하나를 뜯어내고 말았어요.

매해 여름 아침이면 저는 괴로워합니다. 잠을 붙들고 몇 분간의 연장을 간곡히 요청할 때 매미 군단은 소리의 창을 쏘아 던집니다. 순간적으로 내가 촛값을 받고 있구나, 하고 생각하는데, 그때마다 제가 어떤 생태계에 속해 있으며 다른 존재들과 시간으로 연결되어 있다는 감각 자체로 받아들여지는 부분이 있습니다.

어렸을 때의 기억과 현재는 어떻게 연결되어 있을까요?

마찬가지로 어릴 때, 혹은 과거의 기억들이 제 몸 안에서 계속 순환하고 있다고 느낍니다. 마치 과거의 끝과 미래의 끝이 연결되어 있고, 그 고리에 현재의 내 몸이 묶여 있다고요. 그래서 "입구로 들어가 입구로 나온다는 것/멀리 갈수록 가까워진다는 것/절벽과 절벽의 사이"(「순환세계」)를 이해하기 이전에 제 몸이 거기에 있습니다.

시간으로부터 혹은 허무로부터 어떻게 나를 보호하나요?

그냥 속수무책으로 당하는 것입니다. 여전히 저는

시간과 함께 자연스럽게 흐르는 방법을 잘 모르는 것 같습니다. 저에게 시간은 사회를 주관하는 무엇으로 여겨져서, 시간은 나쁜 마음이 아니겠으나, 자꾸 시간에게 "두 팔목이 잡힌 채로 걸어가"(「사회의 시간」)거나, "협곡에 내던"(「순환세계」)져지거나 아무것도 아니게 되는 것만 같습니다. 그저 '허무'라는 시간의 꼬리를 붙들고 끌려가는 수밖에요.

차마 시가 되지 못한 고통이 있나요?

있겠지만, 시가 되지 못했다는 것이 저에게 그리 중요하지는 않습니다. 고통 자체를 시로 승화시키고 싶다기 보다는, 언어의 돌을 그저 발 앞에 하나씩 놓으면서, 고통을 어떤 방식으로 경유해갈 수 있을까 하는 마음으로 지금까지 쓴 것 같습니다.

당신에게 발코니는 무엇인가요? 그리고 그 저편엔 어떤 풍경이 펼쳐져 있나요?

그저 발코니입니다. 제가 살고 있는 집의 발코니입니다. 구조적으로 볼 때 건물에 부가적으로 매달려 있는 것이면서, 안에도 속하지 않고 밖에도 속하지 않은, 안과 밖의 자장에서 벗어난 무중력의 시간입니다. 어제와 내일 사이의 공간입니다. 씌어진 문장과 씌어질 문장 사이에 있는 행간입니다. 현실에 정박해 있는 작은 배입니다. 이 시집이 그러할 수도 있겠습니다.

제 앞에 펼쳐진 것은 그저 바다. 아름답고 무섭고 아득한 사회의 바다.

파도가 밀려오면, 발코니가 흔들거립니다.

나의 이웃한 발코니의 사람들

사진작가 김경태, 이 시집의 편집자 방원경, 그래픽디자이너 오혜진, 안무가이자 요가 지도자 이종현, 큐레이터이자 원예가 정성규, 건축가 한승재.

나는 이들에게 질문을 요청했고, 그들은 실로 아름다운 질문들을 던져주었다. 질문에 답하면서, 늘 그래왔던 것처럼, 유일한 발코니에서 자신을 어떤 식으로 존재시킬 수 있는지 그들을 통해 배웠다. 고마운 마음을 전하며, 이것을 바란다. 부디 오랫동안 서로의 이웃이기를.

(질문은 순서를 배치하고 답하는 과정에서 약간씩 변형되고 누락되기도 했음을 밝힌다.)